屈原象

大司命

湘夫人

九歌圖
東皇太一

雲中君

湘君

河伯

山鬼

仰观楚辞

离骚·九歌

LISAO · JIUGE

[战国] 屈　原——著
杨永青——绘
黄晓丹　韦　婷——译

清华大学出版社
北　京

图书在版编目（CIP）数据

仰观楚辞：离骚·九歌 /（战国）屈原著；杨永青绘；黄晓丹，韦婷译 .— 北京：清华大学出版社，2023. 3

ISBN 978-7-302-62319-9

Ⅰ. ①仰… Ⅱ. ①屈…②杨…③黄…④韦… Ⅲ. ①古典诗歌—诗集—中国—战国时代 Ⅳ. ① I222. 3

中国国家版本馆 CIP 数据核字（2023）第 004021 号

责任编辑：张立红
封面设计：钟　达
装帧设计：梁　洁
责任校对：赵伟玉　葛珍彤
责任印制：杨　艳

出版发行：清华大学出版社
网　　址：http://www.tup.com.cn，　http://www.wqbook.com
地　　址：北京清华大学学研大厦 A 座　　邮　　编：100084
社 总 机：010-83470000　　邮　　购：010-62786544
投稿与读者服务：010-62776969, c-service@tup.tsinghua.edu.cn
质 量 反 馈：010-62772015, zhiliang@tup.tsinghua.edu.cn
印 装 者：艺通印刷（天津）有限公司
经　　销：全国新华书店
开　　本：170mm×240mm　　印　张：22.25　　插　页：2　　字　数：180 千字
版　　次：2023 年 3 月第 1 版　　印　次：2023 年 3 月第 1 次印刷
定　　价：118.00 元

产品编号：090460-01

禮魂
丁亥立冬杨永青时年七十

少司命

東君

國殤

屈　原

屈原（约公元前340年—公元前278年），战国时期楚国诗人、政治家。芈姓，屈氏，名平，字原；又自云名正则，字灵均 。

屈原是中国历史上第一位伟大的爱国诗人、中国浪漫主义文学的奠基人，被誉为“中华诗祖”“辞赋之祖”。他是《楚辞》的创立者和代表作者，开辟了“香草美人”的传统。屈原的出现，标志着中国诗歌进入了一个由集体歌唱到个人独创的新时代。他被后人称为“诗魂”。

他创作的《楚辞》是中国浪漫主义文学的源头，与《诗经》并称“风骚”，对后世诗歌产生了深远影响。

杨永青

杨永青（1928—2011)，版画家、国画家、图书插图家。作品被中国美术馆等多家展览馆收藏。曾获全国少年儿童图书评奖美术一等奖、国际安徒生奖提名等多种荣誉，获全国关心下一代工作委员会先进个人及中国版画家协会颁发的“鲁迅版画奖”等荣誉。

黄晓丹

黄晓丹，南开大学古代文学博士，加拿大麦吉尔大学东亚系访问学者，师从叶嘉莹先生，现为江南大学副教授、硕士生导师，研究方向是唐宋及清代诗词。主持的科研项目入选教育部人文社会科学青年基金项目，江苏省教育科学“十二五”规划，国家社科基金青年项目。

韦　婷

韦婷，吉林大学古籍研究所中国史博士，现为深圳大学人文学院助理教授，研究方向为出土文献与传世文献新证研究。

目录

离骚

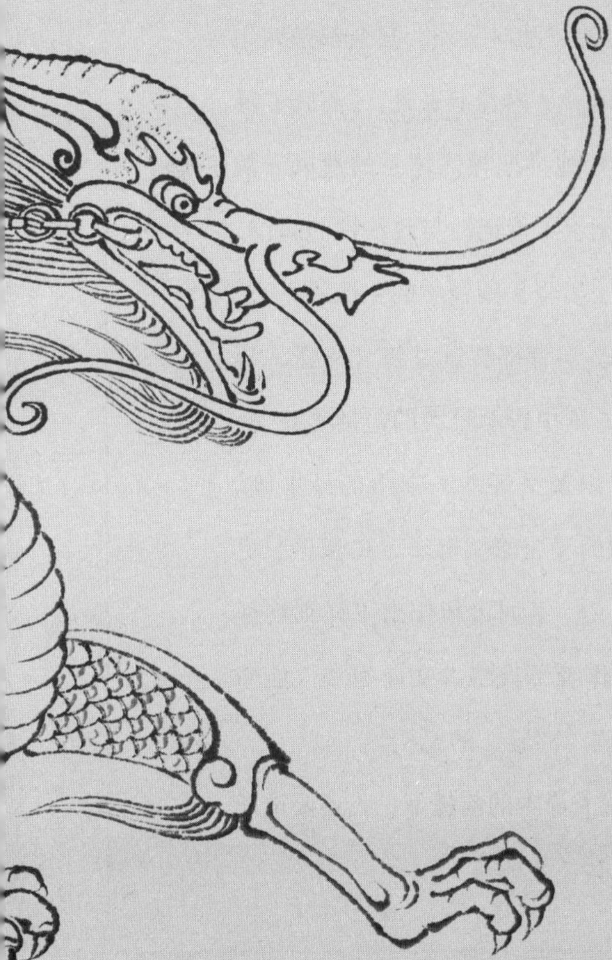

导 读

《离骚》是先秦时期最重要的文学作品之一，它的创作年代距今大约有 2300 年。以《离骚》为代表的《楚辞》与《诗经》共同构成了中国文学的“诗骚传统”。从形式上来说,《离骚》除了最后的“乱曰”外，其余都是四句一节，形成韵散交替的旋律。从内容上来说,《离骚》具有丰富的文学想象，带有楚地早期神话体系的遗风。从东汉王逸开始,《离骚》被赋予了传记性与政治性的解读。直至清末，这种解读都是《离骚》阐释学的主流。

新文化运动以后，很多学者都尝试过将《离骚》从文言文翻译成现代白话文，其中影响较大的包括姜亮夫、郭沫若、陆侃如的译本，以及文怀沙、李山的译本等。2012 年，从药汀教授出版的《屈原赋辨译 · 离骚卷》更是对《离骚》的主旨、句义、字词重新作出了详细辩证并予以翻译。这些译本的作者不仅将古文译为今人能懂的语言，还寄予了重新解读《离骚》的愿望。

在已经拥有如此多的优秀译本的前提下，我还要重译此诗，原因有三。

首先，白话文也在发展，民国时期的白话译本，有些在今日已觉诘屈聱牙，不符合当代读者，特别是年轻读者的阅读习惯。

其次，对经典而言，不同的思想阐释会带来不同的语言表述。本译文采纳了陈世骧先生在《中国文学的抒情传统》中对《离骚》“时间之焦虑”的主旨界定。

最后，《离骚》包含大量神话和历史人物，一般需要借助注释阅读。不习惯阅读注释的读者希望能从译文中直接读懂这些内容。

因为带有“注释”“译解”的目的，我采取了三种不同于一般对译的方法。

一、增译。增译即把原先注释中的内容译进诗句正文。如“名余曰正则兮，字余曰灵均”，译为“名我为平，寓意苍天正平可法，字我为原，效法大地养物均匀”。其中，“苍天正平可法”原为“正则”的注释，释屈原之名“原”字；“大地养物均匀”为“灵均”的注释，释屈原之字“平”字。又如“前望舒使先驱兮，后飞廉使奔属”，译为“让望舒驾着月亮车，在前开道，让掌管风云的飞廉在身后奔跑”，即将望舒作为月之驭神与飞廉作为风伯的身份译入。

二、减译。《离骚》因是诗体，有些指代语焉不详，难以确知所指。东汉王逸对这些地方一一指实,故有“故善鸟香草以配忠贞，恶禽臭物以比谗佞，灵脩美人以媲于君，宓妃佚女以譬贤臣，虬龙鸾凤以托君子，飘风云霓以为小人”之说（《楚辞章句 · 离骚经序》)。如“进不入以离尤兮,退将复修吾初服”中的“进”本意为“进前”，但在王逸之后的《离骚》阐释传统中一般被敷演为“进前勤王”或“跻身朝廷”等。我在翻译时减少其政治性的敷演，将这句话直译为“我曾执着前行，收获罪疚诽谤”。

三、显译。即将原先句中潜藏的逻辑关系直接翻译出来。如“朝搴阰之木兰兮，夕揽洲之宿莽”，一般翻译为平行关系的“早上采摘山坡上的木兰，傍晚揽取河洲边的宿莽”。但木兰在早春开放，是春的使者；宿莽经冬不凋，是冬日仅剩的植物，这两句之中其实有时节如流、草木零落的无限悲情，因此我翻译为“清晨上山，采摘春日初放的木兰，傍晚水边，只剩冬之宿莽能揽取”。

这样的翻译远远谈不上完善，但希望能以此译文抛砖引玉，引起普通读者对《离骚》的兴趣，从而令读者走进中国古典文学的大门。以现代语言重新翻译《离骚》，将其中贴合现代心灵的部分激活是我的愿望，感谢清华大学出版社约我翻译此诗。这项工作虽然辛苦，我却乐在其中。

黄晓丹

帝高阳之苗裔兮，
朕皇考曰伯庸。
摄提贞于孟陬（zōu）兮，
惟庚寅吾以降。

我是远古大德高阳大帝的子孙，
辉煌伟大的伯雍是我生身父亲。
天上太岁在寅，地上正月始春，
寅年寅月寅日，正是我的生辰。

皇览揆（kuí）余初度兮，
肇锡余以嘉名。
名余曰正则兮，
字余曰灵均。

父亲见我的生辰恰逢正阳吉时，
起初为我取下相配的美善名字。
名我为平，寓意苍天正平可法，
字我为原，效法大地养物均匀。

纷吾既有此内美兮，
又重之以修能。
扈（hù）江离与辟（pì）芷（zhǐ）兮，
纫秋兰以为佩。

我的家世、生辰和名字天生完美，
又怎能不洁身自好，让诸善具备？
蘼芜白芷的芬芳，合当让我披挂。
经秋不凋的兰草，正好结成环佩。

汩（yù）余若将不及兮，
恐年岁之不吾与。
朝搴（qiān）阰（pí）之木兰兮，
夕揽洲之宿莽。

年华如水忽逝，提醒我快来不及，
恐怕我的生命，也早已所剩无几。
清晨上山，采摘春日初放的木兰，
傍晚水边，只剩冬之宿莽能揽取。

日月忽其不淹兮，
春与秋其代序。
惟草木之零落兮，
恐美人之迟暮。

日月疾速过往，光阴绝不迟疑。
春秋代谢有时，一季又是一季。
静静思量，时时刻刻草木凋零，
暗暗惊心，岁岁年年美人老去。

不抚壮而弃秽兮，

何不改此度？

乘骐骥以驰骋兮，

来吾道夫先路！

何不趁着盛年弃绝污秽和迷误？

何不去改变这无奈的人生路数？

驾着骏马飞驰，去往心之所向，

请跟我来，我誓愿为后人开路。

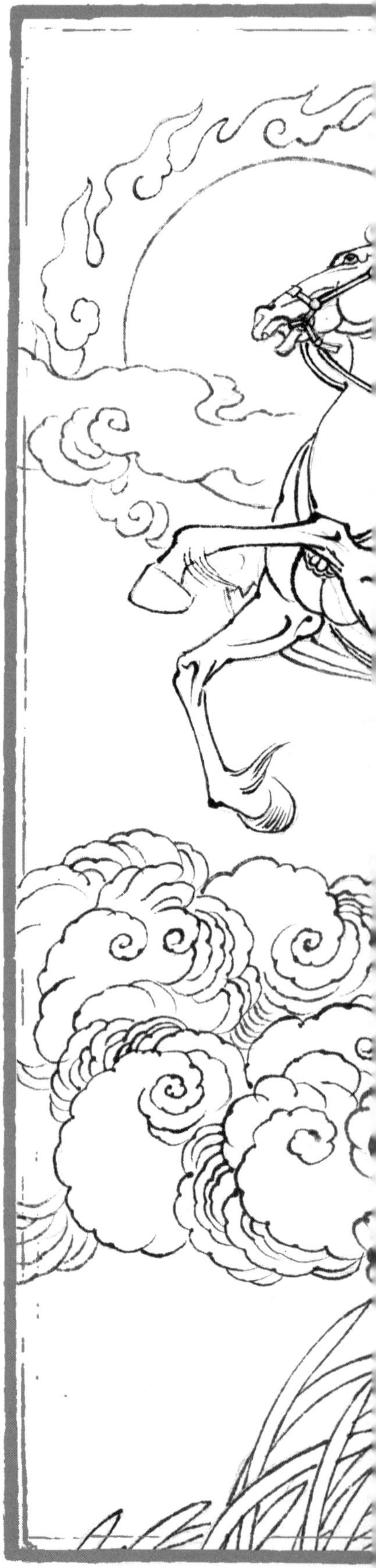

昔三后之纯粹兮，
固众芳之所在。
杂申椒与菌桂兮，
岂惟纫夫蕙茝（zhǐ）？

禹、汤、文王，最美善的远古，
一切芬芳之物，自然汇聚此处。
椒与桂树间杂，重叠喷射馨香，
何止蕙与白芷，幽香交织吐露？

彼尧舜之耿介兮，
既遵道而得路。
何桀纣之猖披兮，
夫唯捷径以窘步。

更早以前，尧舜二君正大光明，
他们遵循正道，因此通行无阻。
夏桀和商纣，为什么狂妄糊涂？
以为是捷径，终究却走投无路。

惟夫党人之偷乐兮，
路幽昧以险隘。
岂余身之惮殃兮，
恐皇舆之败绩！

朋党苟且偷安，只求眼前欢快，
我见前路漫漫，满布幽昧险隘。
我所担心的，难道是自己遭殃？
我怕帝王乘坐的车舆快要毁坏。

忽奔走以先后兮，
及前王之踵武。
荃（quán）不察余之中情兮，
反信谗而齌（jì）怒。

唯恐不及，奔走在车后、车前，
想遵循先王足迹，将它引向平安。
我内有赤诚心愿，你却未曾理解，
反而听信谗言，让怒火烧成烈焰。

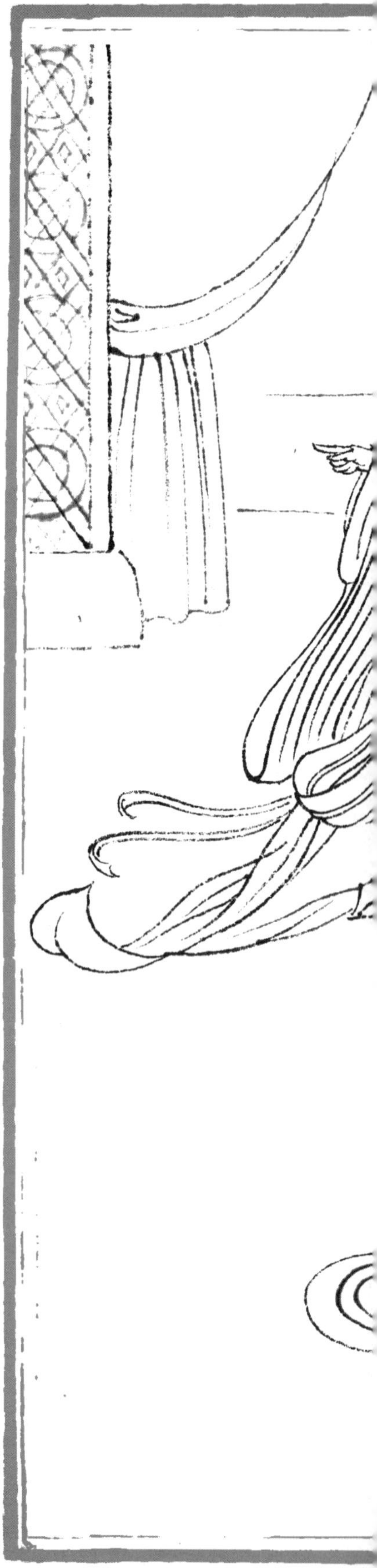

余固知謇（jiǎn）謇之为患兮，
忍而不能舍也。
指九天以为正兮，
夫唯灵修之故也。
曰黄昏以为期兮，
羌中道而改路。

正直总会带来痛苦，我自深知。
我能忍受痛苦，无法舍弃正直。
愿请九天之上洞察万物者为证，
因你神明远见，为你乃至于斯。
约定黄昏为期，以合君臣之好。
哪知半路毁约，遭遇变卦改道。

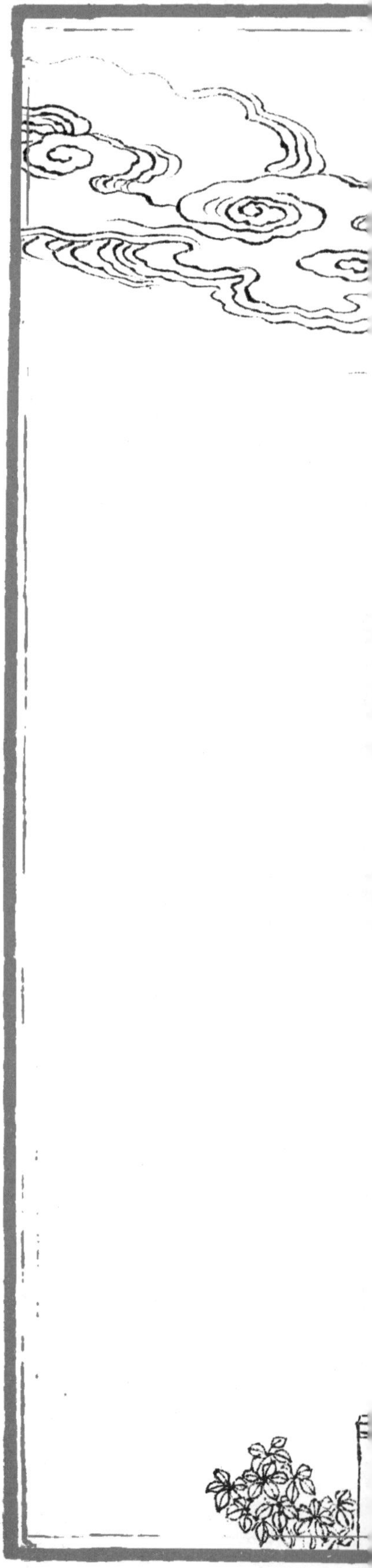

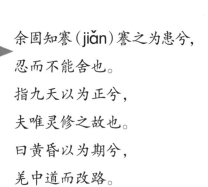

初既与余成言兮，
后悔遁而有他。
余既不难夫离别兮，
伤灵修之数化。

还记得当初，你与我盟约初成，
后来你翻悔，将信物转赠他人。
近离还是远别，早已不复在乎，
为你无常品性，我犹黯然神伤。

余既滋兰之九畹（wǎn）兮，
又树蕙之百亩。
畦（qí）留夷与揭车兮，
杂杜衡与芳芷。

我已种下九顷兰，花开就在春日，
又手植蕙草百亩，让它亭亭玉立。
留夷和揭车的香，一垄隔着一垄，
田间地头的星点，是芳芷与杜衡。

冀枝叶之峻茂兮，
愿竢(sì)时乎吾将刈(yì)。
虽萎绝其亦何伤兮，
哀众芳之芜秽。

一枝一叶，我梦想它茂盛挺拔，
我等待收割的时刻，满怀耐心。
它若干枯败落，我却并不挂怀，
只恐怕世间芳草都已凋萎殆尽。

众皆竞进以贪婪兮，
凭不厌乎求索。
羌内恕己以量人兮，
各兴心而嫉妒。

人群拥挤奔突，追逐钱财食物。
装满口腹行囊，却仍不肯停步。
自甘沉沦，却想世人大抵如此，
不免心中惶恐，时刻互相嫉妒。

忽驰骛（wù）以追逐兮，
非余心之所急。
老冉冉其将至兮，
恐修名之不立。

狼奔豕突，你追我赶，急急慌慌，
我不愿意，这求索不是我心所想。
衰老如同暮色，摇曳着将要到来，
万愿皆逝，只担心未能树立美名。

朝饮木兰之坠露兮，
夕餐秋菊之落英。
苟余情其信姱（kuā）以练要兮，
长颇（kǎn）颔（hàn）亦何伤？

清晨，我痛饮木兰上滴落的春露，
傍晚却只剩秋菊残瓣，草草果腹。
情感的美与质朴，如果确能保有，
身体日渐消瘦，心中也没有愁苦。

擥（lǎn）木根以结茝兮，
贯薜（bì）荔（lì）之落蕊。
矫菌桂以纫蕙兮，
索胡绳之纚纚（xǐ）。

我用草茎串起白芷细小的花株，
穿过薜荔的落蕊，将花穗延长。
揉直菌桂枝条，做成蕙草项链，
胡绳编成流苏，更是华贵芳香。

謇吾法夫前修兮，
非世俗之所服。
虽不周于今之人兮，
愿依彭咸之遗则。

这番穿戴，馥郁、高洁、纯美，
攘攘俗世，谁人欣赏古贤风轨？
在此时此地，虽然我绝乎异类，
但投水殉义的彭咸才值得追随。

长太息以掩涕兮，
哀民生之多艰。
余虽好修姱以鞿（jī）羁（jī）兮，
謇朝谇（suì）而夕替。

忍不住地叹息，擦不干的热泪，
面对苦难的人间，我唯有哀悼。
我洁身自好，却因此画地为牢，
清晨献上谏言，傍晚就被罢废。

既替余以蕙纕（xiāng）兮，
又申之以揽茝。
亦余心之所善兮，
虽九死其犹未悔。

佩戴蕙草，原是我被祸的口实，
我却不愿改悔，复又揽结白芷。
追求美善，若为心中认定之事，
我便心甘情愿，何惧永恒之死？

怨灵修之浩荡兮，
终不察夫民心。
众女嫉余之蛾眉兮，
谣诼谓余以善淫。

困惑啊，无可捉摸的至上之君，
你神明远见，为何不体察我心？
她们嫉恨之由，是我蛾眉秀美，
归我淫邪之罪，实乃造谣污蔑。

固时俗之工巧兮，
偭（miǎn）规矩而改错。
背绳墨以追曲兮，
竞周容以为度。

工于心计乃是俗世唯一的法则，
哪有什么持守？只有随风转舵。
匠人丢弃绳墨，曲木将就造屋，
互相讨个欢心就算做人的尺度。

忳（tún）郁邑余侘（chà）傺（chì）兮，
吾独穷困乎此时也。
宁溘（kè）死以流亡兮，
余不忍为此态也。

我的心中悠悠，我的脚步惶惶，
在这媚俗之世，我哪里有快乐？
纵然魂魄飞散，躯体飘逝随波，
我亦不甘心成为你们中的一个。

鸷（zhì）鸟之不群兮，
自前世而固然。
何方圜之能周兮，
夫孰异道而相安？

独往之鸟，凶猛凌厉，从不结群。
自有天地以来，这便是它的命运。
谁能使方圆相容，让它们吻合？
谁能选择了异路，却又同向而行？

屈心而抑志兮，

忍尤而攘诟。

伏清白以死直兮，

固前圣之所厚。

然而我忍受心灵和理想的焦灼，

我不辩解，因为邪佞终将毁灭。

一生清白行径，一死付之正义，

这本是古代贤人智慧之所关切。

悔相道之不察兮，
延伫乎吾将反。
回朕车以复路兮，
及行迷之未远。

我追悔那些浪费在歧途的朝暮，
举目茫茫大荒，回首渺渺来路。
调转我的马车，回向出发之地，
趁我还没走远，错误还能弥补。

步余马于兰皋兮，
驰椒丘且焉止息。
进不入以离尤兮，
退将复修吾初服。

随它带我走向开满兰草的河岸，
在山林的芳雾间，奔跑或休憩。
我曾执着前行，收获罪疚诽谤，
回返吧，重拾最初珍美的衣饰。

制芰（jì）荷以为衣兮，
集芙蓉以为裳。
不吾知其亦已兮，
苟余情其信芳。

菱叶和荷叶，精细地缝成上衣，
洁白的荷花，层叠着缀成裙裾。
没有被了解的，不必再被了解，
只要心中见证的美善确非幻境。

高余冠之岌（jí）岌兮，
长余佩之陆离。
芳与泽其杂糅兮，
唯昭质其犹未亏。

修整我的冠冕，让它如崖高耸，
加长我的佩环，让它光彩更盛。
香气与光艳，迷人却不过虚幻，
只有依然纯粹的本质才堪为证。

忽反顾以游目兮，
将往观乎四荒。
佩缤纷其繁饰兮，
芳菲菲其弥章。

回首茫茫世界，哪里可以落眼？
我要去时空尽头的荒凉处观望。
我的佩饰华美富丽、多色多样，
花香馥郁沁沁，涌向四面八方。

民生各有所乐兮，
余独好修以为常。
虽体解吾犹未变兮，
岂余心之可惩？

上天养育众生，使其各有所乐，
我恰爱好美善，不觉有何独特。
肢解我的身体，本性亦难更改，
即使粉身碎骨，终究不能悔过。

女嬃（xū）之婵（chán）媛（yuán）兮，
申申其詈（lì）予。
曰鲧婞（xìng）直以亡身兮，
终然殀（yāo）乎羽之野。

女嬃在我身边徘徊，那么不舍，
她缠绵地劝慰，又艾怨地斥责。
她说禹的父亲，刚直不阿的鲧，
就在羽山之野，他竟终然夭遏。

汝何博謇而好修兮，
纷独有此姱节。
薋（cí）菉（lù）葹（shī）以盈室兮，
判独离而不服。

你为何如此博闻强识，正直自爱？
为何把美好的节操全然显露于外？
满屋尽是苍耳和蒺藜带钩的草籽，
只有你远离，不允许它粘上衣带。

众不可户说兮，
孰云察余之中情？
世并举而好朋兮，
夫何茕(qióng)独而不予听。

千门万户，你如何能一一告解？
谁能夸口懂得你我深挚的内心？
世人勾结互荐，都是人云亦云，
为何你不听劝，总要特立独行？

依前圣以节中兮，
喟凭心而历兹。
济沅湘以南征兮，
就重（chóng）华而陈词。

我用圣人之教抵御心灵的动荡，
也感慨，这持守使我历尽艰辛。
向南行，渡过沅水又渡过湘水，
为把心声吐露，我要将舜找寻。

启《九辩》与《九歌》兮，
夏康娱以自纵。
不顾难以图后兮，
五子用失乎家巷。

夏启偷得《九辩》与《九歌》，
但图安逸，寻欢作乐放纵自我。
怎顾人间苦难，岂管后世如何？
其子五观作乱，导致最终亡国。

羿淫游以佚（yì）畋（tián）兮，
又好射夫封狐。
固乱流其鲜终兮，
浞（zhuó）又贪夫厥家。

有穷国君羿，乃纵情游猎之徒，
使其狂喜的，是射杀善奔大狐。
这样伤天害理，当然不得善终，
寒浞因之篡逆，得到他的妻孥。

浇身被服强圉（yǔ）兮，
纵欲而不忍。
日康娱而自忘兮，
厥首用夫颠陨。

舜妻与浞生浇，倒是孔武有力，
他也从不忍耐，总是放纵情欲。
整日寻欢作乐，不知何为罪疚，
复仇之时一到，脑袋颠倒落地。

夏桀之常违兮，
乃遂焉而逢殃。
后辛之菹（zū）醢（hǎi）兮，
殷宗用而不长。

夏桀也是上背天道、下逆人理，
到头诛灭于汤，算是咎由自取。
忠良谏言纣王，却被做成肉酱，
天惩之时一到，殷室沦亡已矣。

汤禹俨而祗（zhī）敬兮，
周论道而莫差。
举贤而授能兮，
循绳墨而不颇。

商汤和夏禹敬畏天命，严于律己，
文王和武王毫厘不差，遵守道义。
他们把贤能之人放上应有的位置，
遵守先圣的法度，从来不会迟疑。

皇天无私阿兮，
览民德焉错辅。
夫维圣哲以茂行兮，
苟得用此下土。

我们头上的皇天均匀地笼罩万物，
他冷静审视，挑选有德者来帮助。
谁窥见了真理，或具有美好德行，
才能被委以重任，掌管天下事务。

瞻前而顾后兮，
相观民之计极。
夫孰非义而可用兮，
孰非善而可服。

纵观朝代更替、王室兴衰的历史，
在人们身上，我看见开端与结束。
谁能不敦行仁义，却能放心任用？
谁能背弃了善道，而使人民信服？

阽（diàn）余身而危死兮，
览余初其犹未悔。
不量凿而正枘（ruì）兮，
固前修以菹醢。

身临悬崖，我离死亡如此之近，
回顾当初，我仍没有任何悔恨。
我固有的形态，不因境遇更改，
哪怕前代贤人因此殒身于利刃。

曾歔（xū）欷（xī）余郁邑兮，
哀朕时之不当。
揽茹蕙以掩涕兮，
沾余襟之浪浪。

我声音哽咽，忍不住流下泪来，
生活在这时代，怎能不觉悲哀？
拾起柔软蕙草，遮住流泪的脸，
可滚滚的热泪还是在衣襟渗开。

跪敷衽（rèn）以陈辞兮，

耿吾既得此中正。

驷（sì）玉虬以椉（chéng）鷖（yì）兮，

溘埃风余上征。

铺展衣襟，就此我要向上天祝祷，

我心中有光，其实我已寻到正道。

玉龙和凤凰腾起，化作我的车骑，

倏忽间，风尘飞卷，我飘举上扬。

朝发轫于苍梧兮，
夕余至乎县圃。
欲少留此灵琐兮，
日忽忽其将暮。

清晨，我的车在南方苍梧山上路，
傍晚，已落脚在西北昆仑的县圃。
我想在神灵青色的门前稍作逗留，
可红日沉沉，已是暮色苍茫之景。

吾令羲和弭（mǐ）节兮，
望崦（yān）嵫（zī）而勿迫。
路曼曼其修远兮，
吾将上下而求索。

我命令太阳的驾车者为我留驻，
望见日落的崦嵫，就放慢脚步。
长路漫漫，要比遥远更加遥远，
为了求索，我愿行遍苍穹处处。

饮余马于咸池兮，
总余辔乎扶桑。
折若木以拂日兮，
聊逍遥以相羊。

在太阳沐浴的咸池，放马饮水，
在日出之地扶桑，把缰绳系上。
日落的光影，折一枝若木遮挡，
让我在时间中逗留，尽情徜徉。

前望舒使先驱兮，
后飞廉使奔属。
鸾皇为余先戒兮，
雷师告余以未具。

让望舒驾着月亮车，在前开道，
让掌管风云的飞廉在身后奔跑。
还要叫灵鸟和凤雏向诸神通报，
雷师却回答，一切都没准备好。

吾令凤鸟飞腾兮，
继之以日夜。
飘风屯其相离兮，
帅云霓而来御。

我命令凤凰展翅，驾驶长风而行，
赶在时间之前，跨越日夜的边境。
旋风聚集相追逐，向我翻涌汇聚，
率领云霓，严阵以待，等我降临。

纷总总其离合兮，
斑陆离其上下。
吾令帝阍（hūn）开关兮，
倚阊（chánɡ）阖（hé）而望予。

纷纷总总聚集，上下陆离涣散。
运转纷繁的颜色，炫目的光灿。
命令天国之守，为我打开大门，
他却斜倚天门，对我懒懒观看。

时暧（ài）暧其将罢兮，
结幽兰而延伫。
世溷（hùn）浊而不分兮，
好蔽美而嫉妒。

天色渐渐变得黯淡，日将沉熄，
我紧握幽兰，长立，不舍离去。
世界如此混沌，清浊不可辨分，
在嫉妒者眼中，美注定被遮蔽。

朝吾将济于白水兮，
登阆(làng)风而绁(xiè)马。
忽反顾以流涕兮，
哀高丘之无女。

涉过昆仑白水，已是下个清晨，
到达阆风山顶，才肯系马暂停。
当我猛然回头，不禁涕泪如雨。
哀恸天国之高，却无神女形影。

溘吾游此春宫兮，
折琼枝以继佩。
及荣华之未落兮，
相下女之可诒（yí）。

忽然，我巡游在东方春神的花园，
折取玉树琼枝，与我的环佩相连。
趁瑶花还没凋落，颜色还未更改，
考量世间女子，持此堪赠予谁前？

吾令丰隆乘云兮，
求宓（fú）妃之所在。
解佩纕以结言兮，
吾令蹇修以为理。

我让丰隆唤起惊雷，腾起云雾，
送我到洛水，寻找宓妃的住处。
解下兰佩，带去我坚贞的誓言，
让善辩的蹇修把我的衷情倾诉。

纷总总其离合兮，
忽纬繣（huà）其难迁。
夕归次于穷石兮，
朝濯发乎洧（wěi）盘。

似愿与我相见，又似不愿相见，
她的性情固执，脸色说变就变。
夜间她留宿在后羿所居的穷石，
清晨洗濯秀发，又在洧盘水畔。

保厥美以骄傲兮，

日康娱以淫游。

虽信美而无礼兮，

来违弃而改求。

她知道，靠美就可以睥睨众生，

寻乐日复一日，冶游春复一春。

这信然是美，但自傲没有礼法，

我将转身离去，再向别处寻求。

览相观于四极兮，
周流乎天余乃下。
望瑶台之偃蹇兮，
见有娀（sōng）之佚女。

我放眼观览，望向四方极远之地，
走遍天上每个角落，才调转车骑。
我看见美玉铸成瑶台，卓然高耸，
台中美人幽处，是有娀氏的简狄。

吾令鸩（zhèn）为媒兮，
鸩告余以不好。
雄鸠之鸣逝兮，
余犹恶其佻（tiāo）巧。

我吩咐鸩鸟，为我把书信传递，
鸩鸟去而复返，带来悲伤消息。
雄鸠唱个不停，算是善于言辞，
要是请它做媒，却嫌轻佻伶俐。

心犹豫而狐疑兮，
欲自适而不可。
凤皇既受诒兮，
恐高辛之先我。

我的心忐忐忑忑，踌躇又迟疑，
想去自行告白，又恐有些失礼。
凤凰佳媒，已受高辛氏的托付。
怕高辛氏先行于我，向她告白。

欲远集而无所止兮，
聊浮游以逍遥。
及少康之未家兮，
留有虞之二姚。

向更远吧，恐怕这路途有始无终，
我暂且流浪，逍遥在无尽的时空。
行到夏代，少康帝还没结婚之时，
有虞国内，两位公主还待字闺中。

理弱而媒拙兮，
恐导言之不固。
世溷浊而嫉贤兮，
好蔽美而称恶。

我的媒人笨拙，我的说客寒碜，
恐怕也没办法替我把婚事说成。
世间混浊不清，人们嫉贤妒能，
丑恶人所共知，美德湮没不闻。

闺中既以邃远兮，
哲王又不寤（wù）。
怀朕情而不发兮，
余焉能忍与此终古。

美女芳香的闺房遥远而又深邃，
聪明睿智的君王还在沉沉昏睡。
我深藏的情愫要到哪里去倾吐？
我怎能忍受，与寂寞盘旋终古？

索藑（qióng）茅以筳（tíng）篿（zhuān）兮，
命灵氛为余占之。
曰两美其必合兮，
孰信修而慕之？

找来奇异的灵草，折些琼茅细竹，
去留之际，让巫师灵氛为我占卜。
她说：“美善与美善虽然终将汇聚，
但在这里，有谁将你的品质仰慕？”

思九州之博大兮，
岂唯是其有女？
曰勉远逝而无狐疑兮，
孰求美而释女？

你想那九州茫茫，海天无限宽广，
难道你所求之女，必定只在这里？
她说：“走得越远越好，不要迟疑，
谁若是寻求真美，就不会错过你。”

何所独无芳草兮，
尔何怀乎故宇？
世幽昧以昡（xuàn）曜（yào）兮，
孰云察余之善恶。

这世间，哪个角落没有芳草青青？
为什么，你还是不愿意忘记故土？
世道时而幽昧，时而炫目难凝伫，
会有谁呢，为我把善恶分辨清楚？

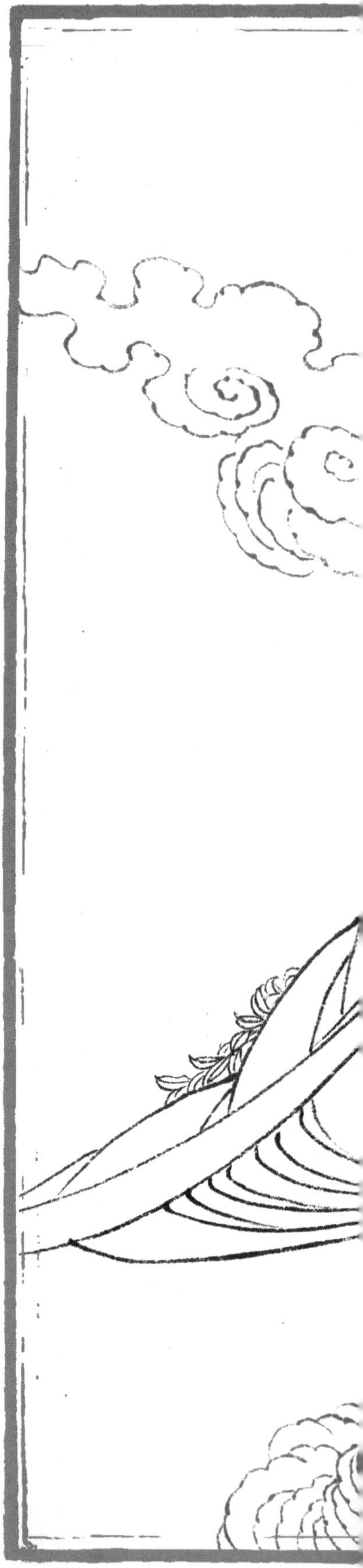

民好恶其不同兮，
惟此党人其独异。
户服艾以盈要兮，
谓幽兰其不可佩。

人与人的喜好，纵然各有所别，
但只有这群人，品味卓然独绝。
户户都把难闻的白蒿缠在腰间，
却说芬芳的幽兰并不值得佩结。

览察草木其犹未得兮，
岂珵（chéng）美之能当？
苏粪壤以充帏兮，
谓申椒其不芳。

他们分不清草木的恶臭与馨香，
又怎么能识别美玉独特的光芒？
取来粪土，充填满自己的佩囊，
却说闻不到申椒枝叶散发芬芳。

欲从灵氛之吉占兮，

心犹豫而狐疑。

巫咸将夕降兮，

怀椒糈（xǔ）而要之。

我想听从灵氛鼓舞人心的卦语，

但我的心依然充满犹豫和狐疑。

听说傍晚时分，巫咸将要降临，

为迎接她，我准备申椒和香米。

百神翳其备降兮，
九疑缤其并迎。
皇剡（yǎn）剡其扬灵兮，
告余以吉故。

遮天蔽日，所有神灵都降临了。
九嶷女神纷然而列，裙裾缤纷。
皇天之灵显现，光耀辉煌刺眼，
告诉我听从启示，向吉途启程。

曰勉升降以上下兮，

求矩矱（yuē）之所同。

汤禹俨而求合兮，

挚咎（gāo）繇（yáo）而能调。

他说，我应当勉力去上下求索，

去寻找谁人与我有共同的原则。

商汤和大禹尚且不怕曲高和寡，

伊尹和皋陶才有机会为之辅佐。

苟中情其好修兮，
又何必用夫行媒。
说（yuè）操筑于傅岩兮，
武丁用而不疑。

在你内心深处，如果确乎善美，
又何必到处求托，请他人做媒？
傅说原本是在傅岩筑墙的囚徒，
武丁拜他为相，丝毫没有疑猜。

吕望之鼓刀兮，
遭周文而得举。
宁戚之讴歌兮，
齐桓闻以该辅。

朝歌市中，吕望是鼓刀宰羊之屠，
周文王知其才能，便以太师称呼。
临淄城外，宁戚乃吟歌赶牛之辈，
齐桓公止车而听，遂举其为大夫。

及年岁之未晏兮，
时亦犹其未央。
恐鹈（tí）鴂（jué）之先鸣兮，
使夫百草为之不芳。

现在就上路吧，趁年岁还不晚，
趁这时节还让人觉得长乐未央。
就怕杜鹃过早啼叫，啼声落下，
春天就要过去，百草不再芬芳。

何琼佩之偃蹇兮，
众薆（ài）然而蔽之。
惟此党人之不谅兮，
恐嫉妒而折之。

那玉石的环佩，高贵而又雍容，
人们却丢弃它，在茫茫荒草中。
那群人，怎么想都是毫无信用，
嫉妒毁灭之心，怕是难以融通。

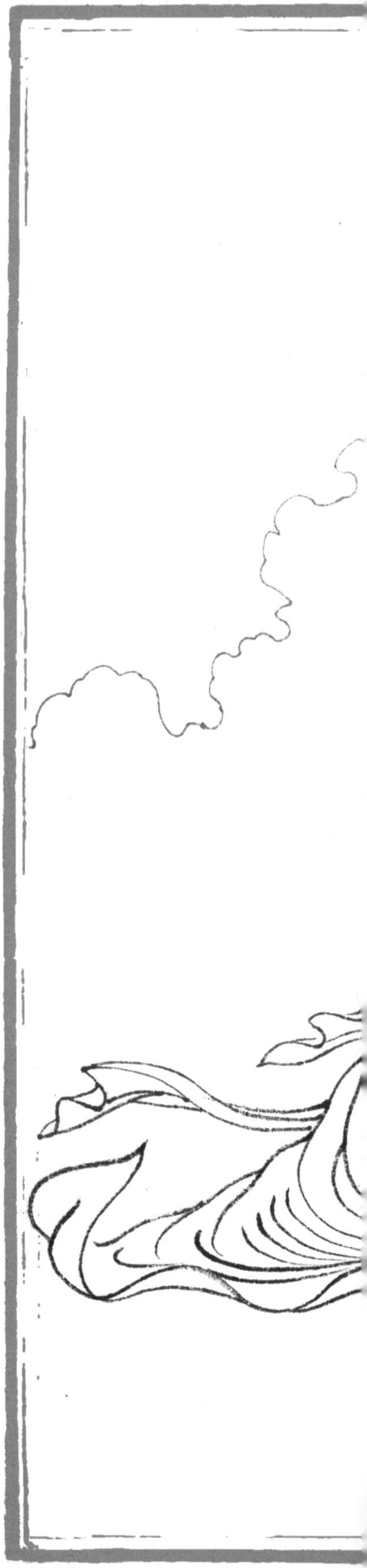

时缤纷其变易兮，
又何可以淹留。
兰芷变而不芳兮，
荃蕙化而为茅。

时节在无休无止的变化里存在，
我又怎能无知无觉，留驻等待？
幽兰和白芷都变了，不再芳香，
荃蕙丛生的乐土已被茅草侵害。

何昔日之芳草兮，
今直为此萧艾也。
岂其有他故兮，
莫好修之害也。

往日的芳草啊，告诉我为什么，
到今日，你们混同于荒蒿野艾？
这般变化，能有什么别的缘由？
这样的毁灭只能因为不知自爱。

余以兰为可恃兮，
羌无实而容长。
委厥美以从俗兮，
苟得列乎众芳。

在往昔，我曾以为兰草是可靠的，
哦，它却是内在空虚，容貌丰长。
抛弃自己的美质，追随世俗走向，
这等动摇的品性，岂能位列群芳？

椒专佞以慢慆（tāo）兮，
榝（shā）又欲充夫佩帏。
既干进而务入兮，
又何芳之能祇。

椒谄媚又傲慢，全因倚仗芳香，
茱萸形的臭草，也想填进香囊。
它们钻营奔竞，扮成香草模样，
谁以芳质信实，获得人们景仰？

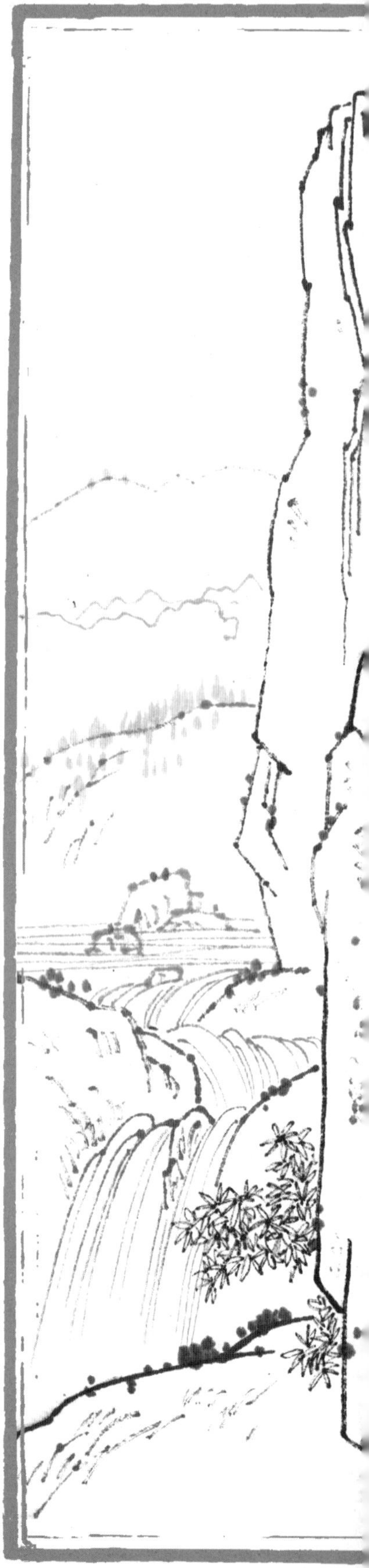

固时俗之流从兮，
又孰能无变化。
览椒兰其若兹兮，
又况揭车与江离。

俗世万物，自古至今随波逐流，
谁能躲过有变为无，无化为有？
看这芳椒幽兰，秉性都已更改，
何况揭车江离，又能抵抗多久？

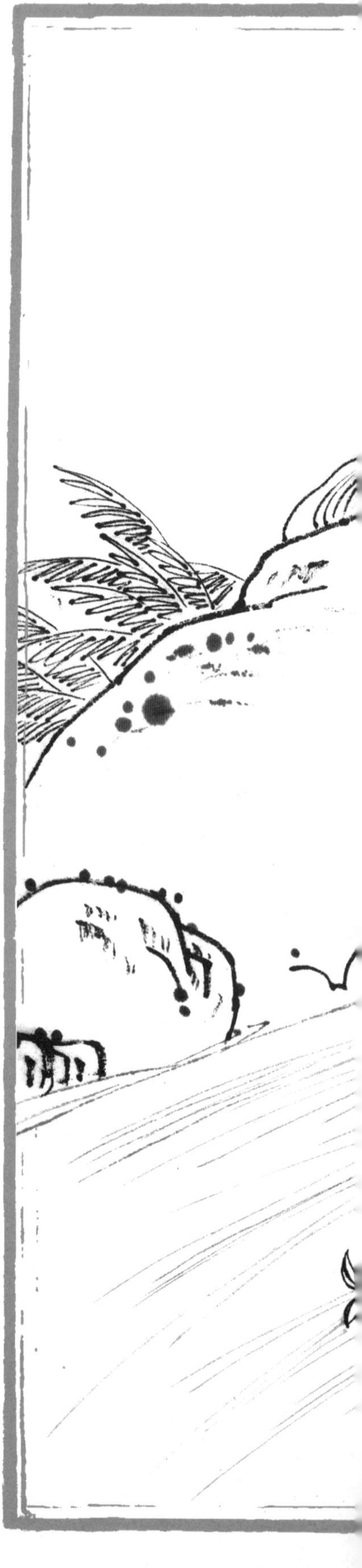

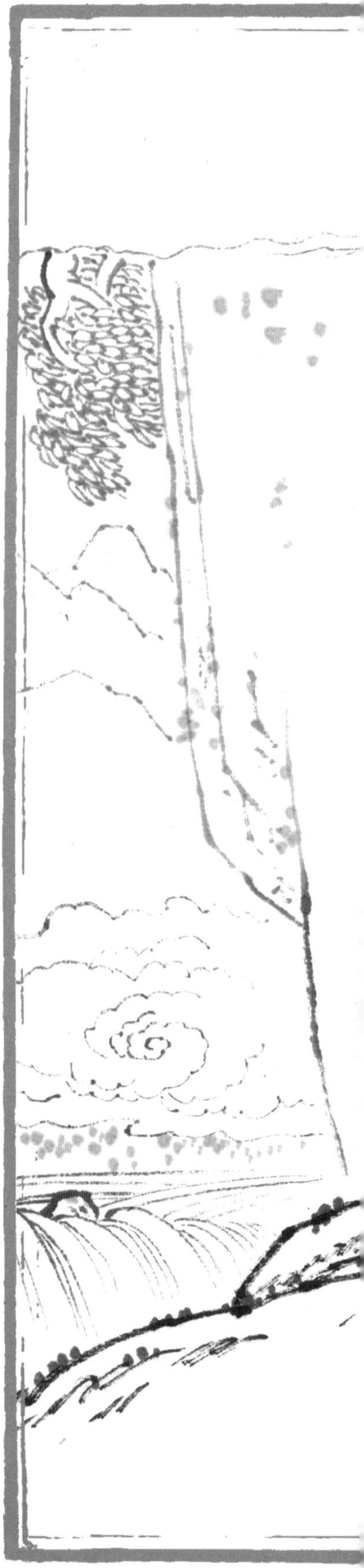

惟兹佩之可贵兮，
委厥美而历兹。
芳菲菲而难亏兮，
芬至今犹未沫。

这仅剩的琼佩，只有你确乎可贵，
历尽艰难，却不为利益抛弃真美。
那芬芳里有勃然生机，弥漫不减，
直到如今，馨香依旧，毫不衰微。

和调度以自娱兮，
聊浮游而求女。
及余饰之方壮兮，
周流观乎上下。

我试着宽慰自己，学习平心静气，
暂且慢慢漂游，等待理想的相遇。
趁衣物未成败絮，环佩依旧芬芳，
我要远游、眺望，走遍无穷寰宇。

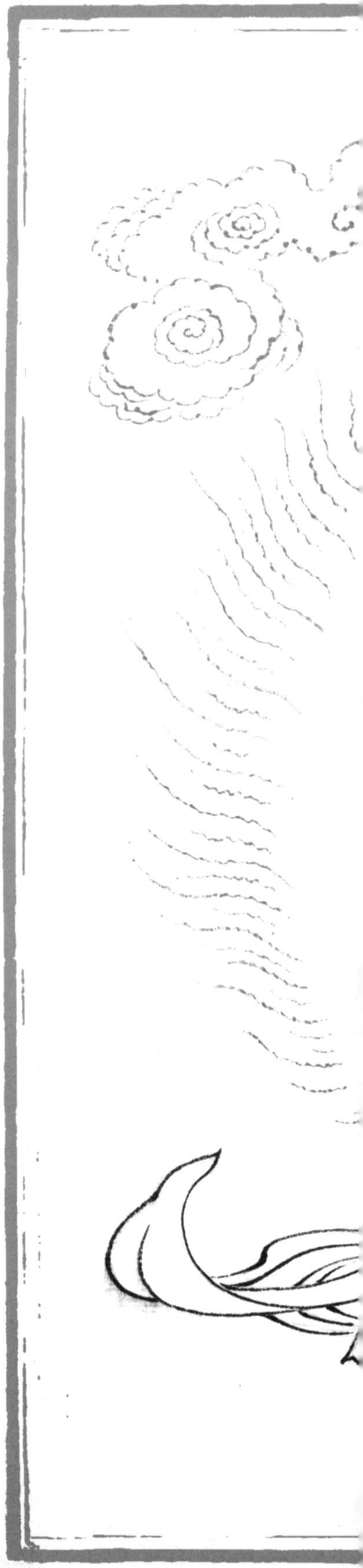

灵氛既告余以吉占兮，
历吉日乎吾将行。
折琼枝以为羞兮，
精琼靡（mí）以为粻（zhāng）。

灵氛为我占卜，告诉我何时启程，
吉时已定，从此，我将一意远行。
折取玉树之枝，那是客子的珍馐，
服食琼莹碎屑，形神便永不变更。

为余驾飞龙兮，
杂瑶象以为车。
何离心之可同兮，
吾将远逝以自疏。

以飞龙为骏马，为我驾车驰骋。
琼瑶和象牙装饰的是我的车骑。
我们心中相异，何必勉强同流？
我将放逐自己，远去离群索居。

邅(zhān)吾道夫昆仑兮，
路修远以周流。
扬云霓之晻(ǎn)蔼(ǎi)兮，
鸣玉鸾之啾啾。

回头吧，上路，朝着昆仑方向，
蜿蜒在茫茫天地，路又远又长。
云霓涌起遮天，日光昏昏暗暗，
车盖摇动不安，鸾铃叮叮当当。

朝发轫于天津兮，
夕余至乎西极。
凤皇翼其承旂（qí）兮，
高翱翔之翼翼。

清晨，我是银汉边启程的渡河人，
夕阳西下，却已到达西方的尽头。
凤凰簇拥而来，翅膀遮盖了龙旗，
它们在云天里高翔，充满了威仪。

忽吾行此流沙兮，

遵赤水而容与。

麾（huī）蛟龙使梁津兮，

诏西皇使涉予。

忽行在八百里流沙的极西之地，

沿着赤水河畔，我徘徊又犹豫。

我说蛟龙啊，你来做我的桥梁，

传令西天神祇，送我河对岸去。

路修远以多艰兮，
腾众车使径待。
路不周以左转兮，
指西海以为期。

这路程是那么遥远，又那么崎岖，
在路边歇下吧，那些跟随的车骑。
积雪不周山，左侧是唯一的天路，
我指向西海，这就是期会的地方。

屯余车其千乘兮，
齐玉轪（dài）而并驰。
驾八龙之婉婉兮，
载云旗之委（wēi）蛇（yí）。

我身后，千乘万骑从四方聚集，
美玉制成车轮，皆又并驾齐驱。
驾驶八匹龙马，行进如水婉曲，
云彩做成旗帜，在迅风中逶迤。

抑志而弭节兮，
神高驰之邈邈。
奏《九歌》而舞《韶》兮，
聊假日以媮（yú）乐。

让我按捺急切的心，慢慢前行，
让我在行进中保有清醒的精神。
奏起启的《九歌》，舞起舜的《韶》乐，
让我用这欢乐告慰流逝的良辰。

陟（zhì）升皇之赫戏兮，
忽临睨夫旧乡。
仆夫悲余马怀兮，
蜷局顾而不行。

无比近了，日之初生的辉煌光芒，
而眼角却忽然瞥见了尘世的旧乡。
我的仆人悲吟，我的马踉踉跄跄，
缩紧身体，寸步难行，只堪回望。

乱曰：已矣哉，

国无人莫我知兮，

又何怀乎故都？

既莫足与为美政兮，

吾将从彭咸之所居。

尾声：都结束了！

在我的国度，我终将无人了解，

我的心中，又何必永牵系着故国？

既然美善的政治只能是孤独的理想，

我将去追随彭咸。他栖身的水底，

才是我命定的住所！

后 记

如果要选出一组所有人都知道，但很少有人真正喜欢的文本，《离骚》很可能位列其中。《离骚》的重要性自不待言，所有对中国古典文学略知一二的人都会知道“诗骚传统”这个词，意味着《诗经》和《离骚》是中国文学的两大源头。人们在阅读远比《离骚》通俗易懂的《史记》时，也会用“史家之绝唱，无韵之离骚”来称赞，虽然这么说时，耳中难免传来大脑卡壳的“咔嚓”一声，但这意味着在脑海中寻找《离骚》完整印象的搜索引擎熄火了。大多数时候，人们只能泛泛而谈，说《离骚》是伟大爱国者的诗歌，是文学想象力的代表。可是，似乎很少有人愿意去真正涉足那个想象的世界。人们宁愿在天堂的门前驻足观看，称赞它的伟岸、感喟世间的无奇，但转过身去就忘掉了一窥之下的惊喜。

这大概是大部分经典的命运。就像西方人知道“俄狄浦斯情结”而不需要阅读《俄狄浦斯王》，中国人每年吃掉的粽子比《离骚》在历史上印行的总和还要多。作品一旦被经典化，就好像戴上了沉重的镣铐，文学的精灵不能再自由地撩拨读者的灵魂。有时我想，如果《离骚》的第一批读者就知道那些美人香草、忠君爱国的隐喻，他们是否还能把龙舟喧闹、粽子喷香的端午节归置在屈原名下？

说《离骚》全文都是忠君爱国的隐喻，这种观点出自东汉王逸的《楚辞章句》，流播天下。东汉被称为“风化最美、儒学最盛”的时代，《楚辞章句》也不免延续儒家“比兴寄托”的说诗方法和“温柔敦厚”的美学理想，认为：“《离骚》之文，依《诗》取兴，引类譬喻。故善鸟香草，以配忠贞；恶禽臭物，以比谗佞；灵修美人，以媲于君；宓妃佚女，以譬贤臣；虬龙鸾凤，以托君子；飘风云霓，以为小人。其词温而雅，其义皎而朗。凡百君子，莫不慕其清高，嘉其文采，哀其不遇，而愍其志焉。”（《楚辞章句》）此言一出，即成为不刊之论，至南宋朱熹更进一步强化以儒家观点阐释《离骚》。何况南宋一朝偏安东南，文人士夫每有故国黍离之悲，所以说《诗》之时，对于去国之痛、君臣之义又特多指称。朱熹甚至认为，既然在北方中原，人们以《诗经》作为讽谏的工具，“关关雎鸠，在河之洲”的田间咏叹都可以作为“咏后妃之德”的隐喻，那么在南方楚国，《离骚》里那些娱鬼迎神、男女怨艾之语，当然也用来教化弃妇逐臣，使之“交有所发，而增夫三纲五典之重”（《楚辞集注》）。

虽然历史上对于《离骚》系统性阐释的主流是王逸《楚辞章句》、洪兴祖《楚辞补注》、朱熹《楚辞章句》这一“以儒诠骚”

的路数，但在诗人骚客的心中，《离骚》之所以迷人，绝不仅仅因为陈述了忠君爱国的思想。早夭的诗人李贺被杜牧称为“《骚》之苗裔”，意思是“《离骚》的真正传人”。杜牧并非不知《离骚》的阐释传统，但是他使用了一段极富感官体验的玄虚之语来解释“《骚》之苗裔”所真正应该具有的特质。他说：“云烟绵联，不足为其态也；水之迢迢，不足为其情也；春之盎盎，不足为其和也；秋之明洁，不足为其格也；风樯阵马，不足为其勇也；瓦棺篆鼎，不足为其古也；时花美女，不足为其色也；荒国陊殿，梗莽丘垄，不足为其恨怨悲愁也；鲸呿鳌掷，牛鬼蛇神，不足为其虚荒诞幻也。”（杜牧《李贺诗序》）当我们通过这段话反观《离骚》时，就会发现在“以儒诠骚”过程中流失的东西，那就是激烈的情感、绚丽的设色和奇诡的想象力。后世如李贺这样的诗人也许能够在对《离骚》的学习中得其一技，但再也没有人能将色彩与想象完全统一在激烈、赤诚、持久的情感之下，再造出这般庄严伟大的作品。

我虽熟知“君臣理乱之比、美人香草之托”，但阅读《楚辞》，我一直不能有发自内心的感动。直到“云门舞集”使我能欣赏《九歌》，梁宗岱使我能欣赏《橘颂》。云门舞集展示给我楚国河泽之间劬劳的居民对于巫鬼救赎的热烈崇拜。梁宗岱的论文留给我最深的印象是天地宇宙中心的一棵光明圆洁、绿叶素荣的橘树，但他所说的“一种要把这世界从万劫中救回来的浩荡的意志，或一种对于那可以坚定和提高我们和这溷浊的尘世底关系，抚慰或激励我们在里面生活的真理的启示”（梁宗岱《屈原》），要等我看到陈世骧的论文《“诗的时间”之诞生——〈离骚〉欣赏与分析》才能够真正体会。

当诗人驾驶云霓，终于来到天堂的入口，已经无比接近理想中至善至美的神祇，他呼喝帝阍开门，但那天国的粗汉子懒洋洋地斜靠门上，将他上下打量。时间流逝，日色已经苍白。黄昏就要降临的压迫感如鬼魅随行。——这是陈世骧带给我的《离骚》印象。他说：“一旦赶到接近了目标，无论如何可以驻足逗留时，那时光之流就忽忽地逝去。他所追逐的目标永远达不到”“但接近它时，你若停下脚步，你就会被抛弃，被抛弃在不毛之地，目标就必定远远地退走。你就会在怅然若失的心情下更加深切地感到：龌龊的常境之中，存在令人难以忍受的丑恶”（陈世骧《“诗的时间”之诞生》）。陈世骧把《离骚》读成了对人类存在境遇的矛盾表达，读成了一曲时间之歌，因此他把阐释的重音放在那些追寻和落空的重复上，而并不十分关心屈原所追寻的对象背后的实指。

托尔金的《魔戒》中，有一个神创始天地时留下的族类：精灵。精灵永远不会死，只会随着时光越来越衰颓，于是他们羡慕人类可以热烈地生、热烈地死。而《离骚》中那位上下求索的诗人，正是充分地使用了这有限的人类时间，在奔突求索之间昭显了足以使永生者艳羡的生命热情。必须不舍昼夜地疾驰，才能不与恶禽臭物一同腐化。这近似于梁宗岱所说的“一种要把这世界从万劫中救回来的浩荡的意志”，但我更愿意将其理解为“一种要把自我从万劫中救回来的浩荡的意志”，一种在绝望局促之境对于人类尊严的重新确立。从这个意义来说，《离骚》可以看作是人文主义的样本。

我是在这一理解的基础上接下翻译《离骚》的工作的。翻译原则有两条：一是在具体字词名物的理解上，以《楚辞章句》和《楚辞集注》为基础，参照后人的笺注及订正；二是在作品主题上，不依从王逸和朱熹“美人香草之托”的解法。因为我觉得把意象归类后一一视为政治隐喻，是对《离骚》的狭窄化，它或许具有教化的意义，但对丰富的文学性和宏大的宇宙观都有损害。

这个译本呈现的是一个充满矛盾的世界，其中多有不可解之处。失去了比兴寄托的帮助，上天入地的行程和对神女巫妪的眷恋就会显得荒诞不经。但对于一部完成于文明创始时期的作品而言，正是这些虚荒诞幻之处保留了未被后世文明驯化的力量。康德在《论优美感与崇高感》中说：“对于一场狂风暴雨的描写或者是弥尔顿对地狱国土的叙述，都激发人们的欢愉，但又充满着畏惧。”畏惧和惊惶本身是崇高之美的基石。剥去“以儒诠骚”的保护，让疲顿的诗人直面宇宙的喜怒无常，把应有的崇高之美还给《离骚》。

另外要说明的是，这本书的策划李浩先生原先与我商定的方式是翻译加注释，但因为非专业读者一般没有阅读注释的习惯，而且正文与注释之间的切换阅读也会打断情绪之流，所以我做了折中。我将理解文意时必不可少的注释性内容直接补充翻译进了诗句。比如“名余曰正则兮，字余曰灵均”，《楚辞章句》说：“正，平也；则，法也。灵，神也。均，调也。言正平可法则者，莫过于天。养物均调者，莫神于地。高平曰原，故父伯庸名我为平以法天；字我为原以法地。言上能安君，下能养民也。”这段注释较为冗长，因此我直接翻译成了“名我为平，寓意苍天正平可法，字我为原，效法大地养物均匀”。虽不能完全涵盖注释，但力求用最简练的语言补充《离骚》的背景知识，而没有在诗句中直接呈现内容，同时保留诗体的韵律。希望这样的译法能带来较为顺畅的阅读体验，以使读者不再在经典的门前望而却步。

黄晓丹

九歌

导读

《九歌》本为古乐章名，最早见于《山海经·大荒西经》，传说夏后启进献三位美女给天帝,得到了神曲《九辩》和《九歌》，屈原的《九歌》则是效仿古乐润色加工而成的新篇章。

《九歌》一共由十一首组诗成篇，内容整饬，是巫祝主导的一场巨大的迎神、祭神、送神之曲，显示出楚地风俗“信鬼而好祠”（王逸《楚辞章句》）的鲜明地域特征。首篇《东皇太一》为迎神之辞，写的是楚国巫祝在寿宫祭祀，等待天神东皇太一降临;《云中君》《湘君》《湘夫人》《大司命》《少司命》《东君》《河伯》《山鬼》八篇，分别讲的是祭祀八位神灵的故事，颇具有故事情节。如云中君奉迎帝车，随侍东皇太一而降；湘君与湘夫人为湘水之神，夫妇离散而难以相会；大司命为东皇太一的下属，与少司命共同掌管众人生死离合的命运；东君为太阳神，操持日夜之事，遨游四方；黄河之神河伯从九河登上昆仑山，而后离开向东而行；山鬼轻体妙容，美目流盼，使我安而忘归;《国殇》中的祭祀由神转向人鬼，赞颂战死沙场的勇士，这些作为祭祀内容的主体，皆属于“穆愉上皇”的祭歌。最后《礼魂》一章作为尾声，以礼善终，为送神之曲。从《史记·封禅书》，包山、望山出土楚简中的神名、神系材料来看，《九歌》构成了完整的楚国人天神、地祇、人鬼的祭祀体系，宜看作是“楚国王室的祀典”（汤漳平《再论楚墓祭祀竹简与〈楚辞·九歌〉》）。

《九歌》文风多样，表达的情感曲折又充沛，感人至深。如首篇《东皇太一》极尽铺陈，祭祀场景恢宏肃穆，风格雍容又欢快；又如恋歌《湘君》风格凄凉哀婉，其情感由最初的期待、思恋、哀怨到凄凉，情感再由感性转到理性，明白“心不同”“交不忠”“期不信”后，虽倍感悲愤，但随即转向放下后的洒脱从容；又如挽歌《国殇》，其风格悲壮沉郁，首先铺陈战士的同仇敌忾、刚强不凌的勇武，再到描写战斗中身首异处的残酷，情感从慷慨激昂到悲痛愤慨，最后颂扬勇武的精神，情感沉重而激昂。

我们再谈谈《九歌》翻译的情况。本译文底本选用的是清同治十一年（1872年）金陵书局重刻汲古阁刊本洪兴祖《楚辞补注》，其讹误最少。在翻译成白话文的过程中，译文立足于最新的研究成果，广泛参考了历代注疏本以及近现代闻一多、游国恩、姜亮夫、崔富章、汤漳平、黄灵庚、徐广才等诸家的研究成果，利用出土楚系文献材料对《九歌》文本性质、主旨、字句等最新研究成果择善而从，因文中体例所限，未能逐一标注，特在此说明。

本次翻译的具体原则有三。

一、直译。直译即高度忠实于原文，译文与原文大致是一对一的关系，尽量准确翻译原文字词。如“桂棹兮兰枻”，译文直接翻译为“桂树做成船木桨，木兰制成船旁板”。

二、增译。增译即适当添加字词，保持文义的流畅，阐明上下文的内在逻辑关系，以及补足古代的祭祀礼制、典章制度等。如首句“吉日兮辰良，穆将愉兮上皇”，考虑到古代人祭祀之前必择吉日，先斋戒三日、沐浴更衣，再怀恭敬之心进行正式的祭祀活动,且《九歌》中可见祭祀形式皆歌、乐、舞一体。因此，译文将其翻译为“选择良辰好日子，斋戒沐浴来祭神。鼓乐奏歌齐跳舞，神情肃穆又虔诚”。这里结合了《楚辞》中祭祀场景的内容，补足古代祭祀的相关礼制内容，使上下文连贯。

三、意译。意译即为准确而完整的表达原意，保留作者的语气与意图，适当增加原文没有的词语。如“抚长剑兮玉珥”，其中“玉珥”又称“镡”，即剑鼻，抚持长剑的缘由，洪兴祖《楚辞补注》中指出“剑者，所以威不轨，卫有德，故抚持之也”。因此，译文适当增加主语和抚剑目的，将其翻译为“美玉雕饰长剑鼻，巫祝抚持威不轨”。

《九歌》翻译的初衷，是希望用现代通俗的语言将原文的思想内容、感情色彩和情调语气用“信、达、雅”的要求表达出来，一是力求“用词准确规范”，即词能达意；二是文义通达，文风典雅。因此，在字词训诂准确的“直译”前提下，运用“义理”的方式疏通文意，大量使用了增译、意译方法。

“诗无达诂”，翻译书稿已成，却依旧让我战战兢兢，不能满意。唯一能宽慰的是，这次的翻译工作经综合审慎与考证后完成，其间参阅了大量最新出土的楚系材料，力求综合历代诸家注本的成果，盼能将《九歌》中屈原的浪漫主义精神、积极顽强的人格魅力重新呈现。

韦　婷

东皇太一

吉日兮辰良，
穆将愉兮上皇。
抚长剑兮玉珥，
璆（qiú）锵鸣兮琳琅。

选择良辰好日子，斋戒沐浴来祭神。
鼓乐奏歌齐跳舞，神情肃穆又虔诚。
美玉雕饰长剑鼻，巫祝抚持威不轨。
身上佩戴琳琅玉，进退有节锵锵鸣。

瑶席兮玉瑱（zhèn），
盍（hé）将把兮琼芳。
蕙肴蒸兮兰藉，
奠桂酒兮椒浆。

瑶草为席立神位，白玉为镇压席上。
手持玉枝敬供奉，祭品丰盛又芬芳。
蕙草蒸肉做佳肴，兰草敬献饭食香。
桂皮花椒酿酒浆，香气弥漫通上皇。

扬枹（fú）兮拊（fǔ）鼓，[1]
疏缓节兮安歌，
陈竽瑟兮浩倡。

酒膳具备不敢歇，扬槌击鼓鸣锵锵。
舞姿婀娜应节律，低声吟咏轻歌唱。
竽瑟齐奏声势盛，放声高歌乐上皇。

1 闻一多指出："按本篇通例，无间两句叶韵者，此不当独为例外，疑此句下脱去一句。"详参闻一多. 楚辞校补［M］. 长沙：岳麓书社，2013：20.

灵偃蹇（jiǎn）兮姣服，
芳菲菲兮满堂。
五音纷兮繁会，
君欣欣兮乐康。

灵巫身着华丽服，举足奋袂飘飞舞。
气势宏大声容盛，芳菲之色盈满堂。
音合宫商角徵羽，纷然繁盛上云霄。
天神欢喜又欣悦，降福蒙祐得乐康。

云中君

浴兰汤兮沐芳，
华采衣兮若英。
灵连蜷兮既留，
烂昭昭兮未央。

灵巫沐浴兰汤池，杀蛊避毒除不祥。
穿上五彩华丽服，神采奕奕生光辉。
面貌矜庄身奉迎，云神欢喜必留步。
忽见天光烂然明，无边无尽耀四方。

蹇将憺（dàn）兮寿宫，
与日月兮齐光。

云神漫步入寿宫，憺然安乐享供奉。
身形高大位尊显，德行比肩日月光。

龙驾兮帝服，

聊翱游[2]兮周章。

身披青黄五采衣，乘驾飞龙腾浓云。

居无常处行踪灭，周览天下任翱翔。

---

2 闻一多指出，王逸注《楚辞》正文“翱游”作“翱翔”，且《玉篇·音部》《文选·沈休文〈齐安陆昭王碑文〉》注、慧琳《一切经音义》二七、王观国《学林》五所引并作“翱翔”，当据改。详参闻一多．楚辞校补［M］．长沙：岳麓书社，2013：20.

灵皇皇兮既降，

猋（biāo）远举兮云中。

览冀州兮有余，

横四海兮焉穷。

思夫君兮太息，

极劳心兮忡忡。

云神貌美身光明，腾云降临我寿宫。

饮食既饱忽离去，缥缈恍惚入云中。

举目纵观冀州城，遍览他乡皆有余。

身居天宫高邈处，横望四海目无穷。

我思明君终不见，长声叹息感心酸。

奔波四海千里远，无限劳苦心忧伤。

湘君

湘君

君不行兮夷犹，
蹇谁留兮中洲？
美要眇（miǎo）兮宜修，
沛吾乘兮桂舟。
令沅湘兮无波，
使江水兮安流！

湘君逗留洞庭湖，徘徊犹豫不肯行。
是谁让你动作缓，安居水中浅滩上？
娥皇女英容貌美，眉目清丽体修长。
思念湘君又爱慕，乘坐桂舟沛然迎。
常恐乘船有危险，祈愿沅湘无波澜。
但沿江水顺流下，平稳前驱心不荡。

望夫君兮未来，
吹参差兮谁思！

夫人供享盼君来，久经时日不见影。
悲切凄苦无处言，吹奏排箫寄情思。

驾飞龙兮北征，
邅（zhān）吾道兮洞庭。
薜荔柏兮蕙绸，
荪（sūn）桡（ráo）兮兰旌。

湘君欲驾飞龙去，经由湘江向北征。
辗转多地空余恨，盘旋复回洞庭湖。
龙车旗面饰薜荔，蕙草萦绕旗杆上。
荪草作桨兰草旗，犹以香洁自修行。

望涔（cén）阳兮极浦，
横大江兮扬灵。
扬灵兮未极，
女婵媛兮为余太息。
横流涕兮潺湲，
隐思君兮陫侧。

我诉衷肠已竭尽，终究未能变君意。
我为湘君牵情思，忧虑怨恨长叹息。
心有感怀徒悲怆，涕泗横流满衣裳。
夜半无眠忧思甚，胸中愤懑隐作痛。
远望涔阳尽头岸，但求前去诉衷肠。
横渡大江不畏惧，尚望舲船把帆扬。

桂棹（zhào）兮兰枻（yì），
斲（zhuó）冰兮积雪。
采薜荔兮水中，
搴（qiān）芙蓉兮木末。
心不同兮媒劳，
恩不甚兮轻绝！

桂树做成船木桨，木兰制成船旁板。
不惧险阻凿冰河，积雪满地路难行。
涉水欲采陆薜荔，爬树妄取水芙蓉。
缘木求鱼终不得，勤劳行事徒劳功。
男女心意若不同，媒人撮合也无用。
若是恩情不深厚，轻言断义又绝情。

石濑兮浅浅，
飞龙兮翩翩。
交不忠兮怨长，
期不信兮告余以不闲。

流水遇石激水花，水势湍急顺流下。
远见飞龙轻急上，哀怨己身在草莽。
两人相交若不忠，长长久久相怨恨。
背弃约定不信任，却以无暇来搪塞。

鼌（zhāo）骋骛兮江皋，
夕弭节兮北渚。
鸟次兮屋上，
水周兮堂下。

正值年轻气盛时，驰骋江边堤岸上。
待我年老色又衰，独自安闲居草莽。
北边小岛湖泽中，鸟兽鱼鳖相为伍。
众鸟建巢我屋上，流水周流于堂下。

捐余玦（jué）兮江中，
遗余佩兮醴（lǐ）浦。
采芳洲兮杜若，
将以遗兮下女。
时不可兮再得，
聊逍遥兮容与。

我愿从此与人绝，丢弃玉玦沉江中。
我愿遗珮入水边，希冀上神明我心。
芳草繁盛高地上，采摘杜若赠下女。
我愿相结贤德人，与我同志不变更。
岁月如梭忽流逝，往日时光不再得。
姑且逍遥来生活，从容闲舒度此生。

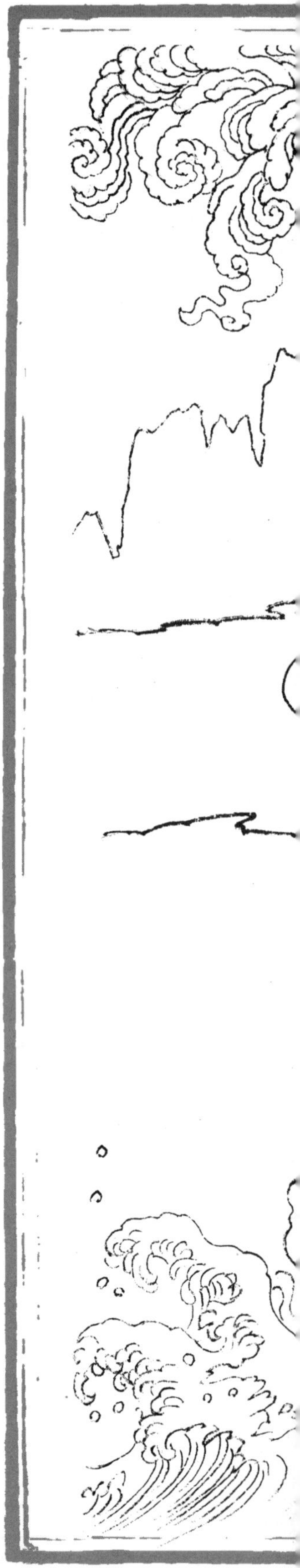

湘夫人

帝子降兮北渚，
目眇眇兮愁予。

尧有二女生湘江，降临江边北涯上。
娥皇女英德行美，极目远望神忧伤。

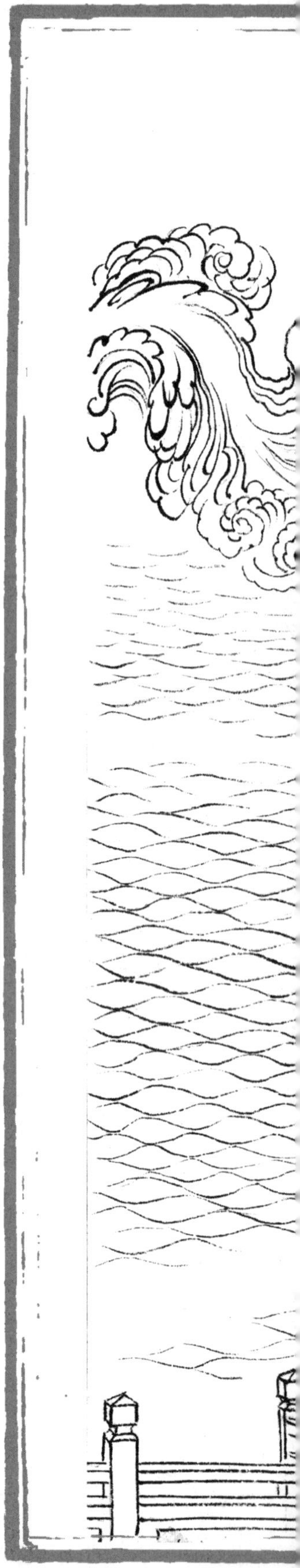

嫋（niǎo）嫋兮秋风，
洞庭波兮木叶下。

飒飒秋风忽吹起，洞庭湖上水波扬。
枝头萧瑟树叶落，草木随风空摇荡。

登白薠（fán）兮骋望，
与佳期兮夕张。
鸟何萃兮蘋（pín）中，
罾（zēng）何为兮木上。

秋日薠草初生长，湘君踩踏向远望。
愿以黄昏为佳期，陈设祭品待人来。
遥知夫人不得见，群鸟空聚白蘋中。
渔网当入水中央，为何徒放树梢上？

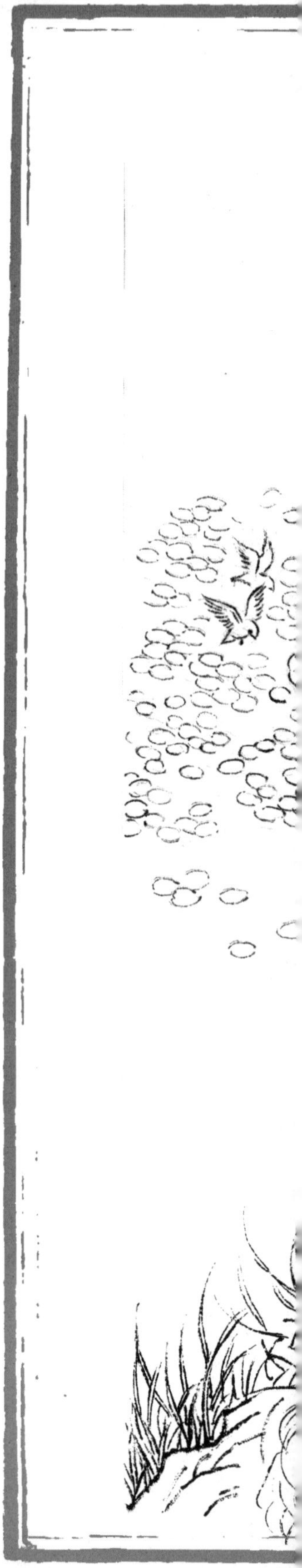

沅（yuán）有茝兮醴有兰，
思公子兮未敢言。
荒忽兮远望，
观流水兮潺湲。

沅水白芷真茂盛，澧水之内兰花香。
夫人德行多美好，湘君思念不敢言。
夫人行迹不分明，远望缥缈已无踪。
江水边上空无人，唯见流水声潺潺。

麋何食兮庭中？蛟何为兮水裔？
朝驰余马兮江皋，夕济兮西澨（shì）。
闻佳人兮召予，将腾驾兮偕逝。

麋鹿本当山林行，如今为何食庭中？
蛟龙本在深渊游，如今为何水边休？
早晨气盛驰江边，日暮屈居西涯上。
湘君朝夕驱驰迎，不出湖泽徒劳功。
恍惚听闻声召唤，夫人感诚忽来降。
喜出望外奔不及，愿驾飞车同前往。

筑室兮水中，葺（qì）之兮荷盖。
荪壁兮紫坛，播芳椒兮成堂。
桂栋兮兰橑（lǎo），辛夷楣兮葯房。
罔薜荔兮为帷，擗（pì）蕙櫋（mián）兮既张。
白玉兮为镇，疏石兰兮为芳。
芷葺兮荷屋，缭之兮杜衡。
合百草兮实庭，建芳馨兮庑（wǔ）门。

愿与夫人共比邻，筑室水中不辞苦。
编次茅草覆屋顶，铺上荷叶成华盖。
堆砌紫贝为中庭，荪草装饰屋四壁。
花椒和泥涂墙上，堂上装饰散芳香。
木兰制作屋上椽，桂木化成屋正梁。
辛夷木为屋门楣，白芷芳香饰房内。
薜荔繁盛藤蔓生，捆绑相结成帷帐。
剖分蕙草为花边，束于屋帷檐板上。
白玉为镇坠四陲，帷幕平整不飘扬。
石兰生在堂室间，疏散四周满芬芳。
编织白芷来盖屋，铺上荷叶相遮盖。
杜若蔓生屋周围，芬芳绕我屋堂下。
百草繁盛又丰茂，充实门庭满芳华。
种植众芳丰殿堂，堂下厢房遍馨香。

九嶷（yí）缤兮并迎，灵之来兮如云。

夫人将来欲迎接，九嶷山上纷然盛。

人数众多如祥云，百神纷然来相迎。

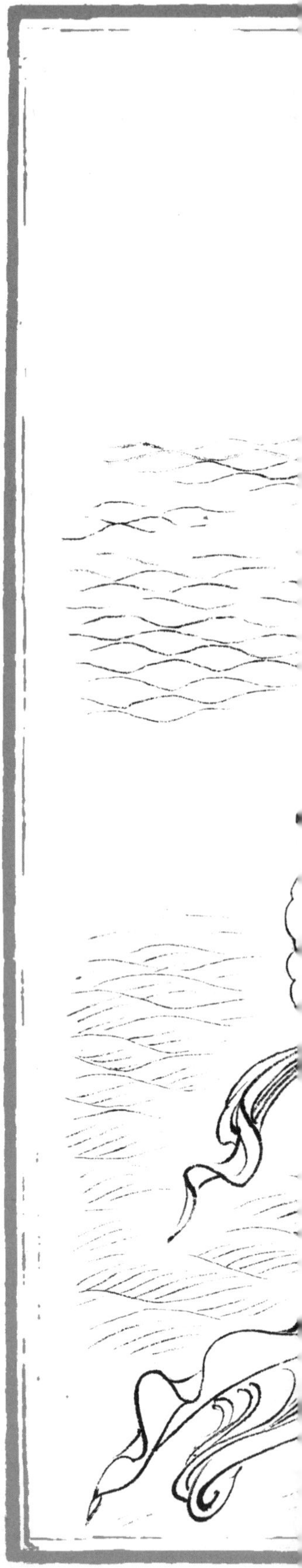

捐余袂（mèi）兮江中，遗余褋（dié）兮醴浦。
搴汀洲兮杜若，将以遗兮远者。
时不可兮骤得，聊逍遥兮容与！

我愿丢弃身外物，愤将衣袖弃江中。
内衫遗留澧水边，通身洁净偕同去。
前往小洲沙滩上，拔取杜若身芳香。
顷刻采摘一箩筐，欲赠远来夫人处。
时光从不等待人，时机不可多次得。
姑且逍遥游人间，从容安闲度此生。

大司命

大司命

广开兮天门，

纷吾乘兮玄云。

令飘风兮先驱，

使涑（dōng）雨兮洒尘。

天宫大开紫微门，天神司命将出行。

黑色浓云来相迎，司命乘云离宫庭。

急剧猛烈暴风来，驱使风伯向前进。

瓢泼大雨倾盆下，去除污秽尘涤荡。

君迴翔兮以下，
逾空桑兮从女。
纷总总兮九州，
何寿夭兮在予！

司命盘旋任翱翔，从容降落入九州。
我愿跟随司命去，登越空桑山以从。
九州广大民众生，命运多舛各不同。
寿考夭折由司命，掌管生杀之权盛。

高飞兮安翔，

乘清气兮御阴阳。

吾与君兮齐[3]速，

导帝之兮九坑。

司命执事不改度，高空飞行任我行。

常乘阴阳清明气，御持万民生死命。

我与司命共虔敬，欲随司命并疾驱。

导迎上神至九州，显神威灵治四方。

3　朱熹：齐，一作斋，非是。详参（宋）朱熹．楚辞集注［M］．黄灵庚点校．上海：上海古籍出版社，2019：51.

灵衣兮被被，
玉佩兮陆离。
壹阴兮壹阳，
众莫知兮余所为。

我随司命共办事，神衣翩翩披我身。
玉佩斑斓相辉映，出阴入阳声锵锵。
阴阳晦明开阖变，司命决断万民生。
万民命运变多端，众人未知我作为。

折疏麻兮瑶华，
将以遗兮离居。
老冉冉兮既极，
不寖（jìn）近兮愈疏。

司命折取神麻草，又去采摘香玉华。
我欲赠予离居士，聊以慰藉离别情。
时光缓缓忽流逝，深感年岁有尽时。
司命今将离我去，日渐疏远不亲近。

乘龙兮辚（lín）辚，
高驼兮冲天。
结桂枝兮延伫，
羌愈思兮愁人。

心意已定乘飞龙，驱驰有节声辚辚。
不惧衰老有挫挠，抗志高蹈冲云霄。
结系桂枝伴我身，长久站立向远望。
司命已去不得见，愁浓虑重愈思怀。

愁人兮奈何，
愿若今兮无亏。
固人命兮有当，
孰离合兮可为？

我愁离别难再会，无可奈何空悲叹。
只愿行事不停歇，保守志行无欠缺。
人生命数由天定，岂非人力所能为？
我虽遭遇离别苦，亦可勉励尽人事。

少司命

秋兰兮麋芜，
罗生兮堂下。
绿叶兮素枝，
芳菲菲兮袭予。
夫人自有兮美子，
荪何以兮愁苦！

供神场所尚清净，秋兰麋芜香满径。
并排丛生绕堂下，蔓延而生遍地华。
绿叶素枝相映衬，暗香浮动袭我身。
堂中供神享馨香，欢喜欣悦神将降。
九州万民自有后，子孙贤美可得佑。
司命虽掌生杀权，何须忧愁众生苦。

秋兰兮青青，
绿叶兮紫茎。
满堂兮美人，
忽独与余兮目成。

供奉司命更崇敬，遍种秋兰正华盛。
兰草紫茎叶青青，草木芬芳将歆神。
万民众多贤人会，德行高尚满堂盈。
司命独与我相视，目定心许志相成。

入不言兮出不辞，
乘回风兮载云旗。
悲莫悲兮生别离，
乐莫乐兮新相知。

进入堂中未闻声，出乎堂外不辞别。
装载云旗将离去，忽乘旋风不见踪。
我居世间心忧愁，复念与君相知乐。
悲痛莫过生别离，快乐难比新相知。

荷衣兮蕙带，
儵（shū）而来兮忽而逝。
夕宿兮帝郊，
君谁须兮云之际？

司命通身衣香净，荷衣蕙带制为裳。
未留片言忽离去，来去瞬息终难逢。
司命侍奉天帝勤，日暮休憩郊野外。
谁待腾云奔涌时？恐是有意顾我情。

与女游兮九河，冲风至兮水扬波。[4]
与女沐兮咸池，
晞女发兮阳之阿。
望美人兮未来，
临风怳（huǎng）兮浩歌。

斋戒清洁蒙天佑，我愿托志与司命。
共同沐浴在咸池，太阳边上晒你发。
无奈司命早离去，思望不至空寄情。
怅然失意临风立，悲愤高亢歌一曲。

4 朱熹最早指出："古本无此二句，王逸亦无注。"汪瑗、毛晋、王夫之、戴震、汪梧凤、洪兴祖、闻一多、高亨、姜亮夫、汤炳正等人皆从该说，详见崔富章，李大明．楚辞集校集释［M］．武汉：湖北教育出版社，2002：890-892.

孔盖兮翠旍（jīng），
登九天兮抚彗星。
竦（sǒng）长剑兮拥幼艾，
荪独宜兮为民正。

孔雀翅羽为车盖，翠鸟羽毛作旌旗。
司命飞登九天上，抚持彗星除奸佞。
执持长剑惩凶恶，拥护老少各得命。
司命秉心无阿私，佑善诛恶为道正。

东君

東君

暾（tūn）将出兮东方，
照吾槛（jiàn）兮扶桑。
抚余马兮安驱，
夜皎皎兮既明。

东方扶桑高万仞，传说太阳此间生。
日出将升耀四方，忽照栏杆貌明盛。
轻抚我马将迎日，羲和御之缓步行。
夜色幽昧月皎洁，继日不息夜将明。

驾龙辀（zhōu）兮乘雷，
载云旗兮委蛇。
长太息兮将上，
心低佪兮顾怀。
羌声色兮娱人，
观者憺兮忘归。

龙为车辕出驾行，车声隆隆似雷鸣。
云为旌旗随风扬，日神舒展行从容。
有感日神登高远，但见云霄长叹息。
顾盼旧地心徘徊，日升已去离东方。
祭祀歌舞声色盛，欢欣愉悦足乐神。
众人观礼生愉悦，心神安乐忘归来。

缅（gēng）瑟兮交鼓，
箫钟兮瑶簴（jù），[5]
鸣篪（chí）兮吹竽，
思灵保兮贤姱（kuā）。

奏乐弹瑟急张弦，合乐奋袂击对鼓。
玉雕立柱悬箫钟，木槌击打钟架摇。
鸣篪吹竽应节律，列备众器乐日神。
灵巫温柔又美好，但求俊贤相保乐。

5 刘彬徽根据信阳、江陵、曾侯乙等出土编钟材料，认为“箫钟”即用钟槌打击编钟来奏乐，另外，他进一步指出考古发现的钟架以玉为饰者罕见，更未见以玉为钟架，此“瑶”字应为“摇”之误字，即演奏时击钟，把钟架都要摇动了，是夸张性的文学言辞，用以形容奏乐的热烈气氛。详参湖北省社会科学院文学研究所．屈原研究论集［M］．武汉：长江文艺出版社，1983：386-388.

翾（xuān）飞兮翠曾，
展诗兮会舞。
应律兮合节，
灵之来兮蔽日。

身体轻盈舞曼妙，形如翠鸟飘若飞。
群巫起舞容工巧，吟诵诗篇作乐歌。
歌舞音乐相应和，先徐后疾合五声。
享祀敬诚足喜悦，天光遮蔽日神降。

青云衣兮白霓裳，
举长矢兮射天狼。

日出东方入西方，身着青衣白霓裳。
操弧举矢射天狼，东君受命诛贪残。

操余弧兮反沦降，
援北斗兮酌桂浆。
撰余辔兮高驼翔，
杳冥冥兮以东行。

诛恶已毕入太阴，循道而退不矜功。
手持北斗作酒勺，挹取桂浆用歆享。
日神高翔万物上，揽过辔绳游四方。
出行杳杳入冥冥，随天运转复东行。

河伯

与女游兮九河，
冲风起兮横波。
乘水车兮荷盖，
驾两龙兮骖（cān）螭（chī）。

意与河伯相为友，偕同游览九河中。
遭遇暴风突横起，水中大波激浪涌。
河伯驭水为车驾，荷叶化作乘车盖。
并驾螭龙作两骖，驰骋嬉戏游四方。

登昆仑兮四望，
心飞扬兮浩荡。
日将暮兮怅忘归，
惟极浦兮寤（wù）怀。

九河发源昆仑山，登上昆仑四下望。
广大无际境开阔，心神飞扬志浩荡。
日色将暮心流连，崇山峻岭不见君。
空待河伯未曾来，忽念江头愁思扬。

鱼鳞屋兮龙堂，
紫贝阙（què）兮朱宫。
灵何为兮水中？

河伯安住水中屋，鱼鳞屋盖龙鳞堂。
紫贝筑成门观台，丹朱涂饰宫室上。
河伯为何居水中？欲见不得空余想。

乘白鼋（yuán）兮逐文鱼。
与女游兮河之渚，
流澌（sī）纷兮将来下。

水中乘鳖逐彩鱼，嬉戏遨游河伯来。
愿与河伯同游荡，畅然相随小洲间。
冰块相融水涣散，自上而下纷然随。

子交手兮东行，
送美人兮南浦。
波滔滔兮来迎，
鱼隣隣兮媵（yìng）予。

我与河伯相执手，不忍别离向东进。
河神还归九河中，送我南方水涯上。
遐不我顾遥寄思，我心缱绻情未已。
滔滔江水皆来迎，游鱼列队送我行。

山鬼

若有人兮山之阿，
被薜荔兮带女罗。
既含睇（dì）兮又宜笑，
子慕予兮善窈窕。

有人似在山曲隅，若隐若现形如人。
蔓藤薜荔披身上，兔丝细长为腰带。
眉目流盼面貌美，眼中带笑含情视。
体态窈窕多媚人，徘徊不前空思慕。

乘赤豹兮从文狸，
辛夷车兮结桂旗。

山鬼出入乘赤豹，虎斑花貍随从行。
辛夷香木作车驾，桂枝相结为车旗。

被（pī）石兰兮带杜衡，
折芳馨兮遗所思。
余处幽篁兮终不见天，
路险难兮独后来。

杜衡为带披石兰，众草香洁以自饰。
鬼神同行志高洁，但折香草赠所思。
山鬼深居竹林内，终日遮蔽不见天。
道路险阻难前进，欲与神游独后至。

表独立兮山之上，
云容容兮而在下。

空留山鬼独伫立，高山远离人间世。
云气深厚暗浮动，所居高邈蔽四方。

杳冥冥兮羌昼晦，
东风飘兮神灵雨。
留灵修兮憺忘归，
岁既晏兮孰华予？

天色渺茫又昏暗，白昼犹如冥晦时。
东风骤起飘然至，阴阳相感灵雨降。
风雨交加困山鬼，欣喜安然忘归去。
日月流逝人易老，岁暮谁能赐花容？

采三秀兮于山间，
石磊磊兮葛蔓蔓。
怨公子兮怅忘归，
君思我兮不得闲。

山间采摘灵芝草，欲服瑞草求延寿。
山石磊磊葛蔓蔓，芝草仙药难采折。
但恨公子不留己，怅然失志忘归来。
纵然忘归常思怀，应是无暇召我回。

山中人兮芳杜若，

饮石泉兮荫松柏，

君思我兮然疑作。[6]

住在深山无人处，仍取杜若自修饰。

石泉之水解饥渴，松柏树下来栖迟。

品行高洁寂寞冷，信君思我犹狐疑。

6 闻一多指出："本篇例于韵三字相叶者，于文当有四句。此处若柏作三字相叶，而文只三句，当是此句上脱去一句。《礼魂》'姱女倡兮容与'上亦有脱句。"详参闻一多．楚辞校补［M］．长沙：岳麓书社，2013：34.

雷填填兮雨冥冥，
猨啾啾兮狖（yòu）夜鸣。
风飒飒兮木萧萧，
思公子兮徒离忧。

雷电交作声轰轰，天色冥昧暴雨兴。
猿猴善鸣声啾啾，夜以继日来号吼。
秋风飒飒草木落，树木凋零渐萧瑟。
我思公子终不见，凄凉悲愤徒忧愁。

国殇

操吴戈兮被犀甲，
车错毂（gǔ）兮短兵接。[7]
旌蔽日兮敌若云，
矢交坠兮士争先。

手持吴戈身披甲，壮士从军力刚强。
戎车相交轮毂错，手持兵戈相接击。
旌旗遮蔽日昏沉，敌人势盛多如云。
流失纷飞乱坠落，冒险竞进为争先。

7　郭德维根据河南淅川下寺、河南淮阳马鞍冢、湖南曾侯乙墓等出土楚国战车、兵器材料，指出车战短兵为戈，戈与戟有别。详参郭德维.《楚辞·国殇》新释［J］.江汉论坛，1995（8）:29-33.

凌余阵兮躐（liè）余行，
左骖殪（yì）兮右刃伤。
霾两轮兮絷（zhí）四马，
援玉枹（fú）兮击鸣鼓。

冲锋势盛踏军阵，敌军侵凌我行伍。
所乘左骖倒地死，右骓已被刀刃伤。
两轮埋陷不能进，缰绳絷缚四马困。
手持鼓槌声铮铮，虽败不退宁赴死。

天时坠兮威灵怒，
严杀尽兮弃原野。
出不入兮往不反，
平原忽兮路超远。

适遭天时命将殒，神灵发怒不畏惧。
鏖战痛杀尽死命，壮士骸骨弃原野。
穿甲执兵出征时，赴死不念返乡事。
忽死平原无所归，但留山野远人间。

带长剑兮挟秦弓，

首身离兮心不惩。

诚既勇兮又以武，

终刚强兮不可凌。

身既死兮神以灵，

子魂魄兮为鬼雄。

当初身怀兵戎志，手持长剑挟秦弓。

身首分离犹不惧，士兵誓死不弃兵。

忠义报国诚可见，奋疾抗暴保大功。

勇武刚强宁不屈，凌厉之气振苍穹。

壮士捐躯身既死，精神强健魂魄存。

生前勇武死亦刚，决然成为百鬼雄。

礼魂

成礼兮会鼓，
传芭（pā）兮代舞，
姱女倡兮容与。[8]
春兰兮秋菊，
长无绝兮终古。

祭祀九神先斋戒，致礼已成疾击鼓。
巫祝传芭用献祝，转相授受众人舞。
一人先来高声唱，声容美好神自若。
挑选良辰吉日祭，春祀兰草秋为菊。
神之享祀乐歌舞，祭祀不废无断绝。

8　闻一多《楚辞校补》：“《礼魂》‘姱女倡兮容与’上亦有脱句。”今按：闻一多主要根据文章押韵、体例，可供参考。详参闻一多．楚辞校补［M］．长沙：岳麓书社，2013：34.

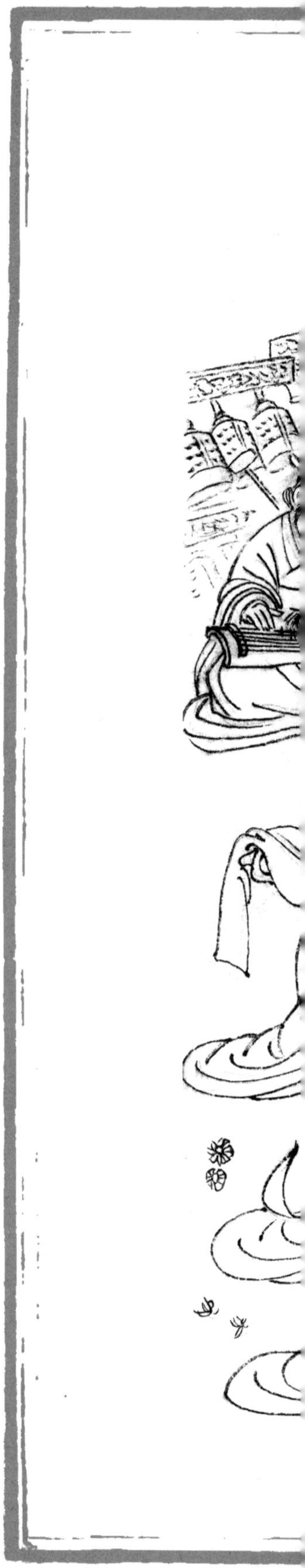

后 记

《九歌》作为祭祀组诗，大量描绘了楚国歌乐舞表演一体的祭祀场景，其极尽铺陈之美，场面宏大而热烈。这自然让我联想到湖北随州出土的成套编钟、以细腰为美的束腰平底楚系鼎、铸造技艺成熟的越王勾践剑，以及笔势纤细盘曲的鸟虫书等，这些皆是璨若流星的楚国文化瑰宝。

《九歌》是一部特别的作品，言辞瑰丽，想象力奇崛。随着阅读的深入，我们可上天揽月，下海游历，畅想在神鬼玄妙、天地宽广、万物壮美、情感充沛的世界里。每每细读，那击鼓锵锵、竽瑟齐奏、巫祝华服、手持长剑、舞姿婀娜、低音轻诵的情景立现于眼前，或感于虔诚肃穆，或畅快激昂，或愁思凄苦，或悲壮愤慨，或无奈坦然，实在余音绕梁，让我手不释卷，倍感震撼，又心下意难平。

对于《九歌》，东汉王逸的《楚辞章句》早已为之作注，自汉以下，历代皆有注本存世，其研究成果丰硕。今已有郭沫若的《卷耳集·屈原赋今译》、文怀沙的《屈原九歌今译》、袁梅的《屈原赋译注》、黄寿祺与梅桐生的《楚辞全译》、张愚山的《楚辞译注》、汤漳平的《出土文献与〈楚辞·九歌〉》、林家骊译注的《楚辞》、徐志啸注评的《楚辞》等多个白话文注本。

今笔者不揣谫陋，妄提拙见，重新翻译《九歌》，基于两点考虑：一是语言既有稳定性，又与时俱进，一代有一代的翻译风貌，其字句间饱含着新的时代精神和面貌，我们需要用当下的话语体系和表达习惯重新诠释《九歌》。二是“古来新学问，大都由于新发现”（王国维《最近二三十年中中国新发见之学问》），目前出土的大量楚系材料为我们重新阅读《九歌》提供了新的思路和可能性。如旧说多根据东汉王逸《楚辞章句》中的说法，认为《九歌》是屈原在民间祭歌的基础上加工而成的。这个说法有待商榷，至少从《东皇太一》《云中君》《东君》《大司命》《少司命》《河伯》《国殇》等祭祀对象和场景来看，不应当出自民间。汤漳平《再论楚墓祭祀竹简与〈楚辞·九歌〉》结合江陵望山、天星观楚简材料，指出《九歌》构成了完整的楚国天神、地祇、人鬼的祭祀体系，又指出《国殇》歌颂的是为国捐躯的将士，因此称之为“国殇”，这一观点印证了《九歌》的主题思想是国家的祀典。又如史培争、李立的《论包山楚简“司命”与〈九歌〉“二司命”的联系》中指出，“司命”宜与《九歌》中的“少司命”构成对应关系等。

我们将《九歌》作为切入点，是希望读者能从《九歌》中再次感受到山川有灵，万物有情，体味屈原虽沉郁不得志却依旧饱含深情、上下探索、汲汲于世的乐观进取的人格魅力。

韦　婷